JUEGA CON ALBERTO

EUROPEAN LANGUAGE INSTITUTE

Juega con Albert
realizado por Jose Pavón Ramos y Joy Olivier

Ilustraciones de Giorgio Di Vita

© 1996 - **ELI** s.r.l. - European Language Institute
   P.O. Box 6 - Recanati - Italia

ISBN   **88 - 8148 - 061 - 1**

Impreso en Italia por Tecnostampa - Loreto (AN)

¡ÉSTE ES ALBERT!

Estás a punto de encontrar a tu gato ideal ...

Aquí conocerás tu futuro

↑ Introduce un pescado

... es simpático, tiene los ojos amarillos, el pelo negro ...

Aquí conocerás tu futuro

↑ Introduce un pescado

... en fin, ¡soy yo!

Aquí conocerás tu futuro

↑ Introduce un pescado

EL GATO

los bigotes

la oreja

el ojo

los dientes

la cola

el ratón

la lengua

la nariz

el pescado

la pata

Entre estos dos dibujos hay algunas diferencias. Encuéntralas y escríbelas en el esquema.

¡ÉSTE ES LOLO!

EL PERRO

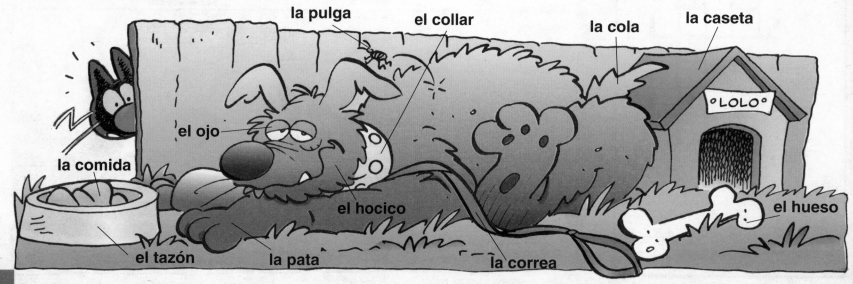

la pulga

el collar

la cola

la caseta

el ojo

la comida

el hocico

el hueso

el tazón

la pata

la correa

Busca estas palabras en la sopa de letras. Con las letras que te sobren leerás un mensaje de Albert.

- ☒ caseta
- ☐ cola
- ☐ collar
- ☐ comida
- ☐ correa
- ☐ hocico
- ☐ hueso
- ☐ ojo
- ☐ pata
- ☐ plato
- ☐ pulga

A C A S E T A S C
E O O C A L O C O
R S C O L L A R M
R E P U L G A O I
O U R O T A L P D
C H P A T A R O A
H O C I C O O J O

¡ _ _ _ _ _ _ _ _ !

¡Fíjate, una nariz más bonita que la mía!

CRAC

GIORGIO DI VITA 33·94

© G.Di Vita

¡...no he dicho nada!

CYRANO DE BERGERAC

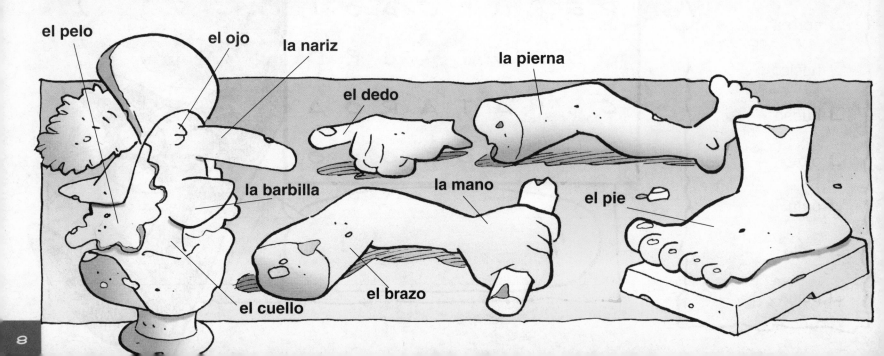

el pelo

el ojo

la nariz

el dedo

la pierna

la barbilla

la mano

el pie

el cuello

el brazo

A cada símbolo le corresponde una letra. Usando el código, podrás leer un mensaje.

LOS COLORES

Muestra de arte

Éste lo pinté ayer por la mañana.

Éste al mediodía.

Y éste que es todo negro..., ¡por la noche!

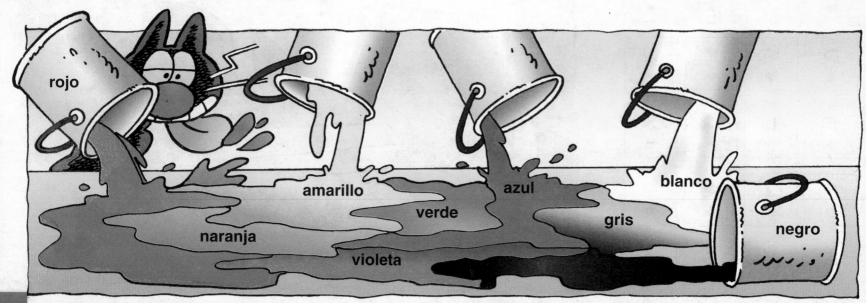

Rellena de negro solamente los espacios que lleven escrito el nombre de un color.

LOS NÚMEROS

uno	dos	tres	cuatro	cinco	seis	siete	ocho	nueve	diez
1	**2**	**3**	**4**	**5**	**6**	**7**	**8**	**9**	**10**
11	**12**	**13**	**14**	**15**	**16**	**17**	**18**	**19**	**20**
once	doce	trece	catorce	quince	dieciséis	diecisiete	dieciocho	diecinueve	veinte

Une ordenadamente los puntos desde el 1 hasta el 20.

Escribe los nombres de los objetos en el esquema.

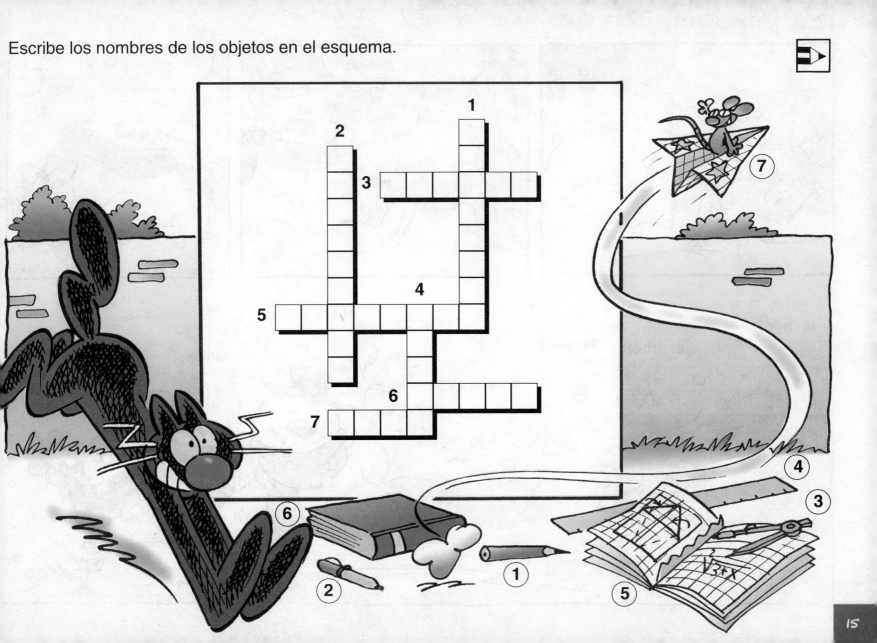

¡NIEVA!

Aquí tienes una bufanda para tu muñeco de nieve...

BRRRRR

... así no tendrá frío...

¡Si ella lo dice...!

?

GIORGIO DI VITA   12-93

la montaña

el árbol

la nieve

la escoba

el sombrero

la bufanda

el muñeco de nieve

el pájaro

16

A cada símbolo le corresponde una letra. Usa el código y sabrás lo que dice Albert.

¡ES NAVIDAD!

¡Qué bonita es la Navidad!: el árbol, la música. ... ¡todo!

PERO MIRA CÓMO

GIORGIO DI VITA 10-93

BEBEN LOS PECES EN EL

PAM

¡Todo menos los sol-da-di-tos!

RÍO PERO MIRA

el mecano

el soldadito

el regalo

la muñeca

el coche

el árbol Navida

el avión

el tren

el saltador

el videojuego

el rompecabezas

las damas

18

Partiendo de la salida, encuentra el camino correcto para llegar hasta la meta pasando de un juguete a otro.

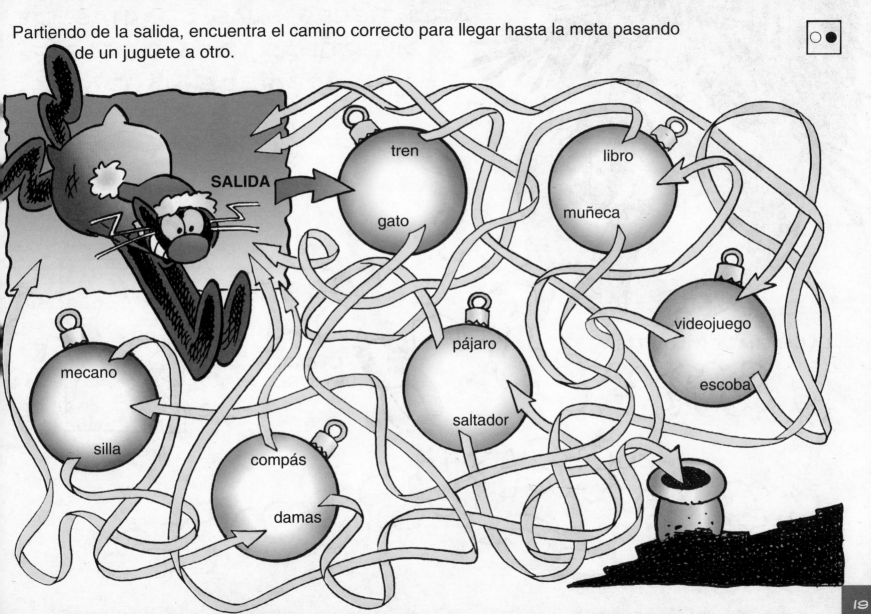

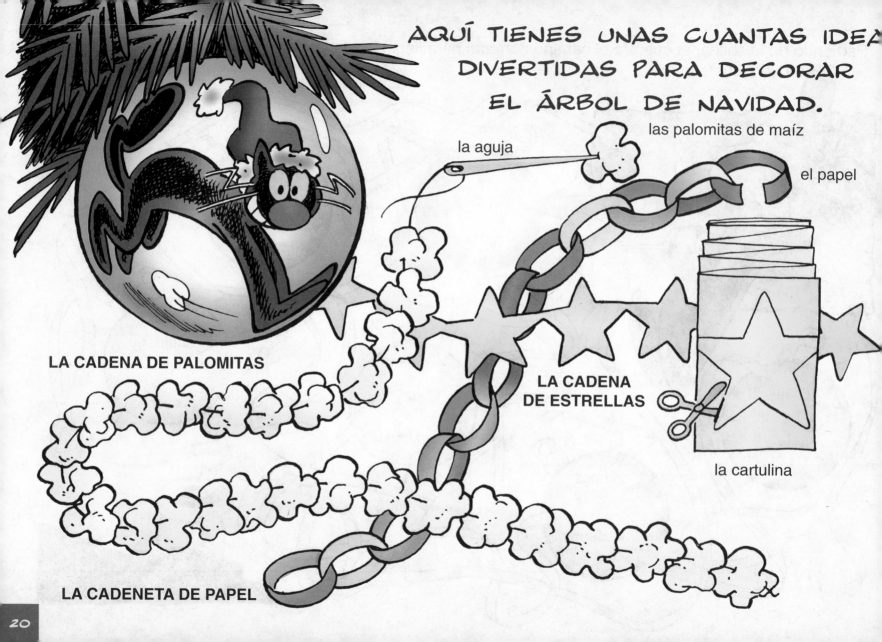

AQUÍ TIENES UNAS CUANTAS IDEAS
DIVERTIDAS PARA DECORAR
EL ÁRBOL DE NAVIDAD.

la aguja

las palomitas de maíz

el papel

LA CADENA DE PALOMITAS

LA CADENA DE ESTRELLAS

la cartulina

LA CADENETA DE PAPEL

HAZ UN GATO ALBERT DE PAN

COLOCA TAMBIÉN UNAS PEQUEÑAS MANZANAS ROJAS

HAZ LO SIGUIENTE:

la sal

el agua

la harina

Cocer en horno durante 30 minutos aproximadamente

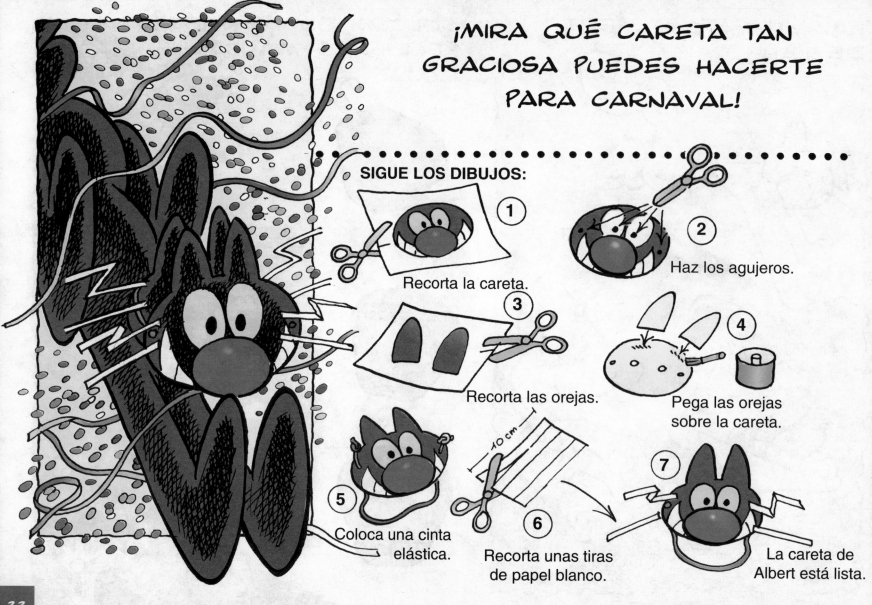

¡MIRA QUÉ CARETA TAN GRACIOSA PUEDES HACERTE PARA CARNAVAL!

SIGUE LOS DIBUJOS:

1. Recorta la careta.

2. Haz los agujeros.

3. Recorta las orejas.

4. Pega las orejas sobre la careta.

5. Coloca una cinta elástica.

6. Recorta unas tiras de papel blanco.

10 cm

7. La careta de Albert está lista.

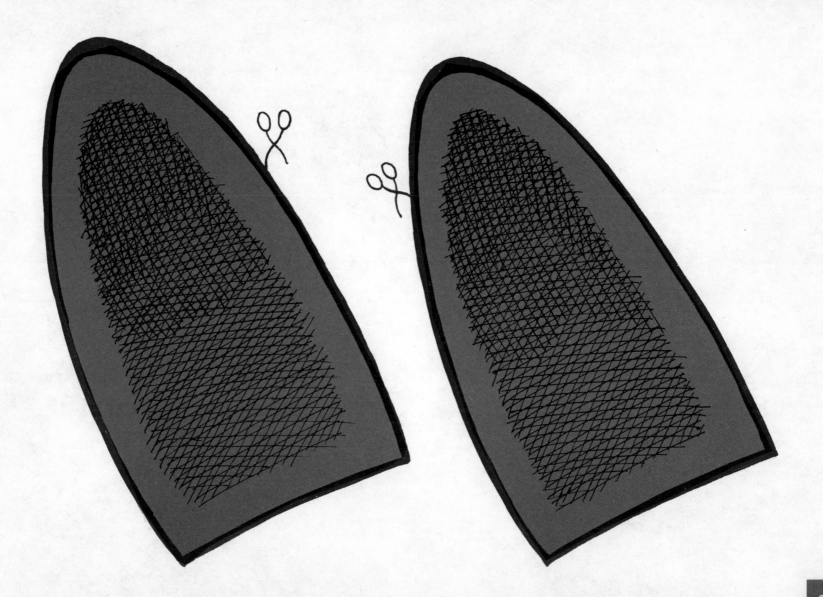

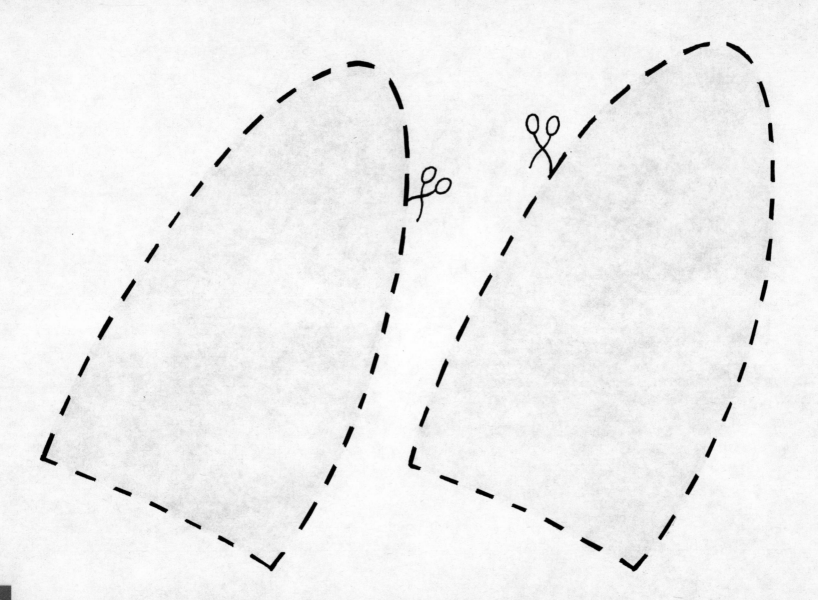

HUMOR

¡No me miréis así! Es mi primera clase de guitarra

¡De acuerdo, me has convencido! ¡Saldremos juntos!

Albert lo llama autoservicio

EL CUMPLEAÑOS

las servilletas

los caramelos

el flan

la vela

la torta

la naranjada

la tarta

los pastelitos

las galletas

Busca estas palabras en la sopa de letras. Leyendo las letras sobrantes, sabrás de quién es el cumpleaños.

¡ _ _ _

_ _ _ _

_ _ _ _ _ _ !

D S O T I L E T S A P

F C U M P L E A Ñ O S

L E L S A T E L L A G

A G A T A R T A T O A

N A R A N J A D A L B

S A L E V E A T R O T

R T S O L E M A R A C

S E R V I L L E T A S

- ☒ caramelos
- ❏ cumpleaños
- ❏ flan
- ❏ galletas
- ❏ naranjada
- ❏ pastelitos
- ❏ servilletas
- ❏ tarta
- ❏ torta
- ❏ velas

hijo | **hija** | **padre / papá** | **madre / mamá** | **abuelo** | **abuela**

hermano | **hermana**

A cada tabla de la valla le corresponden una o varias letras. Si quieres encontrar la solución, deberás colocar cada una de esas tablas en su posición adecuada.

el jardín

la puerta

la ventana

el tejado

la verja

las escaleras

Entre estos dos dibujos hay 5 diferencias. ¿Cuáles son?

AGENCIA INMOBILIARIA

Buscamos una casa

Inmobiliaria Albert

¡Ésta de aquí tiene incluso un baño con ducha!

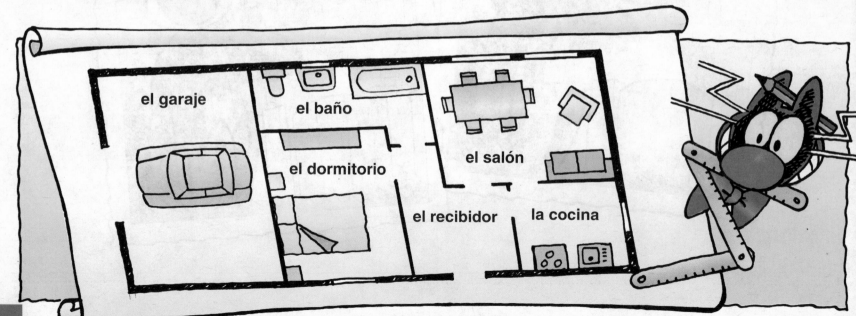

el garaje

el baño

el dormitorio

el salón

el recibidor

la cocina

Coloca ordenadamente las piezas de este rompecabezas en su lugar y podrás leer el mensaje que forman.

la botella

la tetera

¿Qué tenemos para comer hoy, Albert?

© O. Dische

G. DI VITA 12·95

Hoy: PESCADO FRITO

la olla

la sartén

el vaso

la cuchara

la taza

el plato

la mesa

el horno

el cuchillo

el tenedor

Escribe el nombre de estos objetos en las casillas horizontales. Si luego lees las casillas grises sabrás qué está cocinando Albert.

LA COMIDA

¿Sabes qué es lo que más me gusta de ti?

¡Lo que estás comiendo!

el helado

la pimienta

la sal

el pollo

el pan

las patatas fritas

la carne

la ensalada

la sopa

el pescado

el agua

Coloca ordenadamente las piezas de este rompecabezas en su lugar
y podrás leer el mensaje que forman.

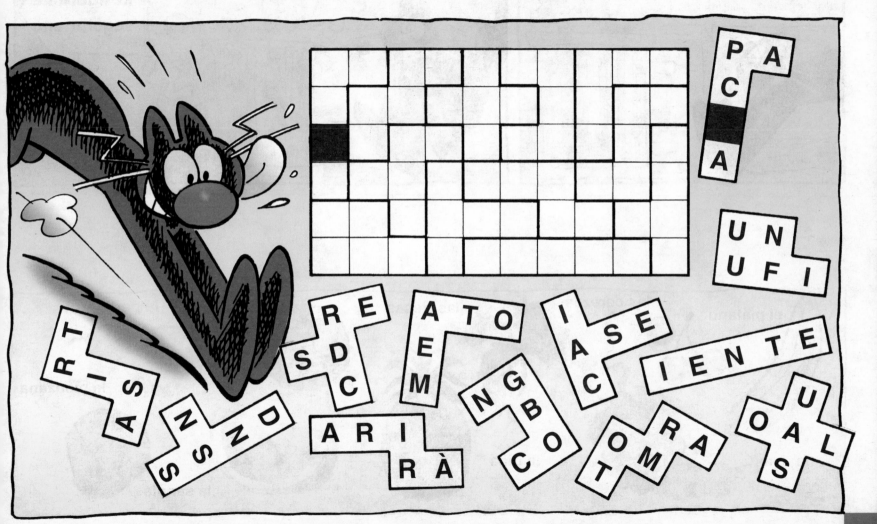

LA FRUTA

el plátano

las cerezas

las fresas

la naranja

la pera

la uva

la piña

la sandía

la manzana

Si lo has hecho bien, leyendo las casillas que están numeradas, descubrirás el plato preferido de Albert.

EL

1	2	3	4	5	6	7

la papelera

la motocicleta

el coche

el semáforo

el autobús

la bicicleta

el paso de cebra

la calle

la acera

Completa las letras y podrás leer un mensaje.

¿De quién tiene miedo Albert? Rellena de negro los espacios que contengan el nombre de un animal y lo sabrás.

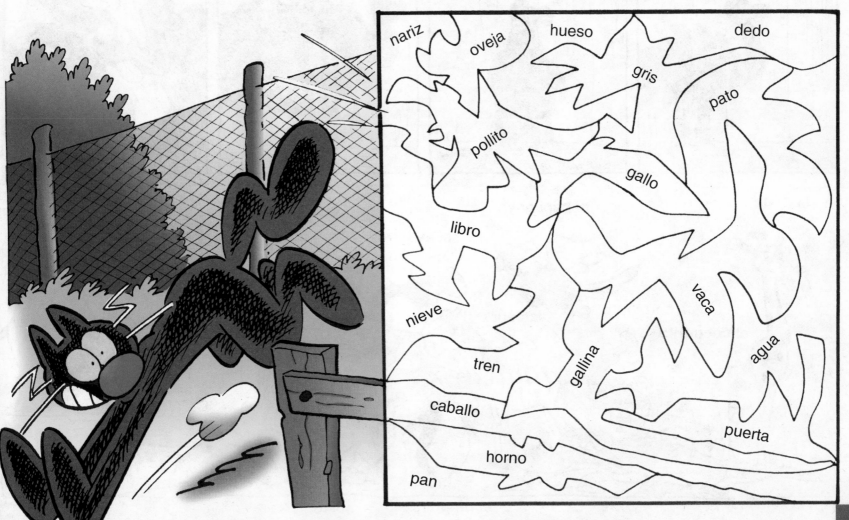

¡Mira!, un avestruz ...

... un pingüino ...

... un elefante ...

Soy bueno, ¿eh?

la jirafa

el papagayo

el dromedario

el elefante

el avestruz

la serpiente

la cebra

el cocodrilo

la foca

el pingüino

el león

la araña

Escribe el nombre de todos los animales que forman este "monstruo".

¡Mira, mira... un elefante que puede volar moviendo las orejas!

¡Quizás si yo moviera la cola ...!

¡Así recordaré que no debo probar otra vez!

leer

saltar

dormir

mirar

comer

Tacha todas aquellas palabras que sean verbos. Las palabras que sobren completarán el mensaje de Albert.

¡ ....

.... ¡

LEER	MI	MIRAR	COMER
SALTAR	CORRER	REINO	DECIR
SER	POR	TENER	UN
PODER	DEBER	PESCADO	HABLAR

¿QUÉ HORA ES?

son las once y cuarto

son las once y media

son las doce menos cuarto

son las doce en punto

A cada símbolo le corresponde una letra. Usando el código, podrás leer un mensaje.

A ♥	H ❂	N ◗	T ❄
B ➡	I ⁝	Ñ ↔	U ˅
C ■	J ✔	O ❧	V ✳
D ▲	K ✚	P ♠	W ➡
E ◆	L ⇨	Q ▶	X "
F ▢	LL ✔	R ☆	Y ◆
G ❖	M)	S ✐	Z ✡

JUEGOS

¿Cuántos son? Coloca en el esquema los números que corresponden a las definiciones.

1. los días de la semana

2. los meses del año

3. los ojos

4. las estaciones

5. los dedos de la mano

En cada una de estas tres series de letras hay escondido un animal. ¿Eres capaz de encontrarlo?

1. J T I P R Q A M F C A I

....

2. E L Z E Y F A K N R T E

....

3. A I V E N S P T R I U Z

....

Forma cuatro palabras uniendo los siguientes grupos de letras de la forma adecuada

MON   NO   CADO   TAÑA   TO

PLÁTA   ZAPA   PES

52

POSTAL DE CUMPLEAÑOS

¿No te gustaría regalar una postal de cumpleaños que hubieras hecho tú? Es fácil. Sigue las ilustraciones.

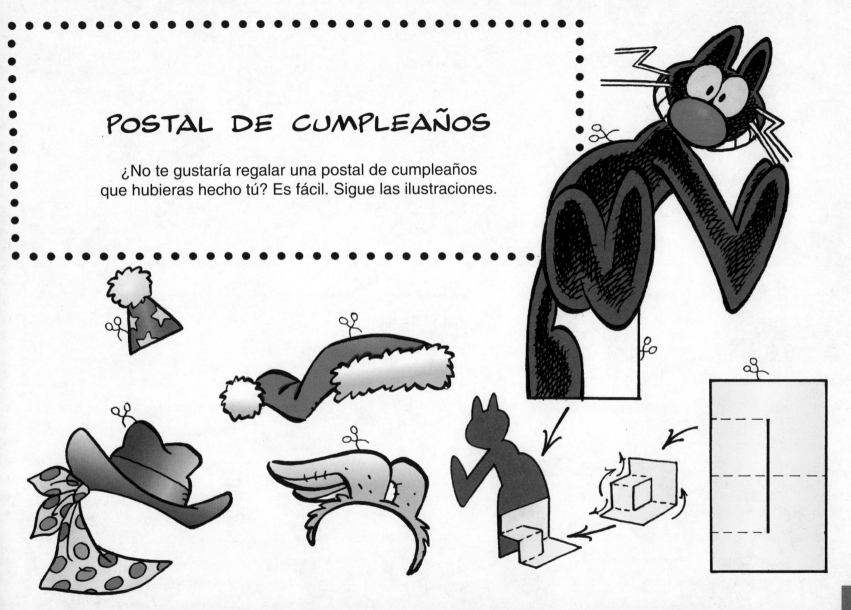

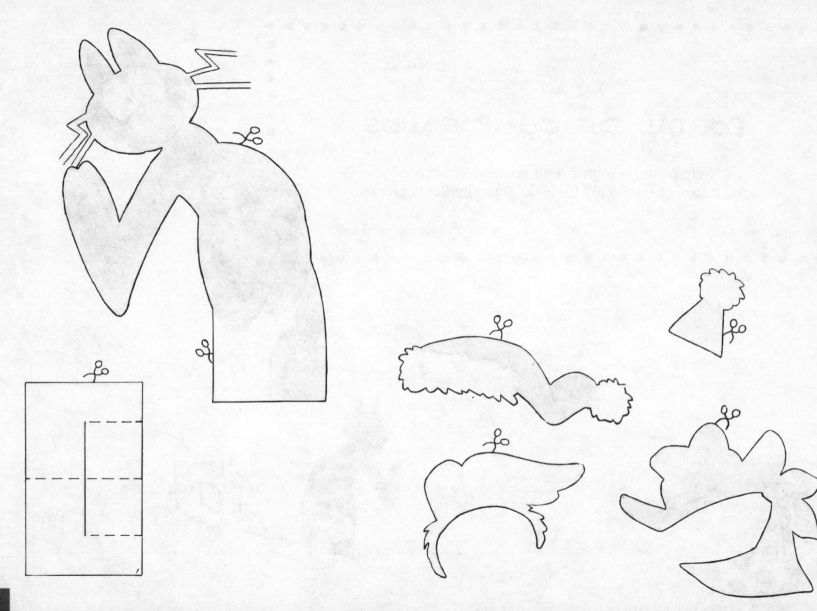

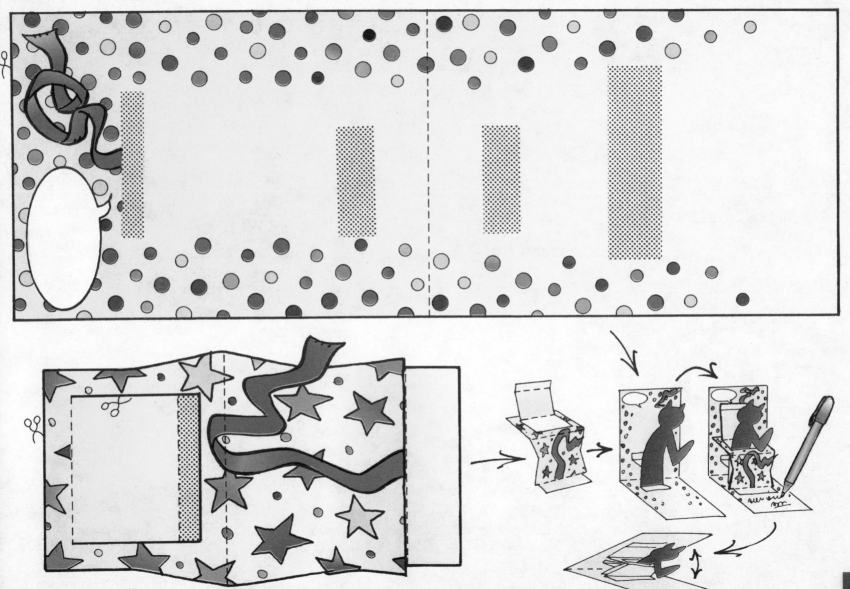

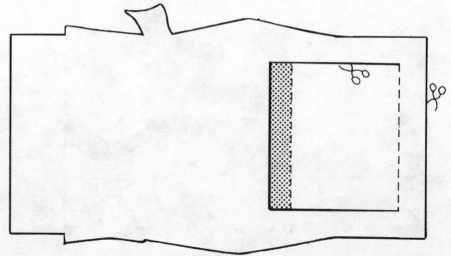

HUMOR

¡Vaya! ¡Menudo hipo!

Es un regalo de una tía suya de Noruega

Limpieza de primavera

1. Dibuja a Albert.

2. Recorta la figura de Albert y su cola.

3. Coloca un trozo de cinta adhesiva sobre su cola.

4. Con los ojos vendados debes intentar, jugando con tus amigos, pegar la cola de Albert en la posición correcta.

¡Hoy hace muchísimo calor!

¡Estoy harto de estar bajo el sol!

¡Creo que tengo la solución!

¡De vez en cuando se te ocurren unas ideas geniales!

detrás

dentro

delante

cerca

fuera

debajo

lejos

encima

Completa las frases buscando en los esquemas las palabras que faltan.

El perro está

de la valla.

D	O	A	P
I	E	N	V
Z	S	T	O
T	R	Á	S

El ratón está

del bidón.

P	D	E	S
N	N	T	S
R	I	R	F
O	Q	Z	O

El bidón está

de la valla.

D	E	P	V
V	E	L	R
N	A	N	Q
W	T	E	P

Albert está

del bidón.

C	I	B	N
C	E	R	I
M	C	L	O
O	E	A	G

EN EL RASTRO

¿Vienes conmigo al rastro, Albert?

Sí. ¿Qué venden allí?

¡Pescado usado!

CASA ALBERT

la camisa

la corbata

el vestido

los pantalones

la falda

el gorro

el jersey

la chaqueta

los calcetines

las botas

los zapatos

Busca estas palabras en la sopa de letras.
Si después lees las letras que sobran, sabrás qué dice Albert.

```
S E N O L A T N A P
E C H A Q U E T A S
Y L S O T A P A Z O
E V E S T I D O A R
S U L B O T A S T R
R F A L D A I M A O
E M A S I M A C O G
J D C O R B A T A A
C A L C E T I N E S
```

☒ botas
❑ calcetines
❑ camisa
❑ chaqueta
❑ corbata
❑ falda

❑ gorro
❑ jersey
❑ pantalones
❑ vestido
❑ zapatos

¡__ __ -_____ ____!

¡LLUEVE!

¡Mira! Una nube con forma de ...

... de ¡fuente!

el impermeable

las botas

el rayo

la nube

el paraguas

el trueno

la lluvia

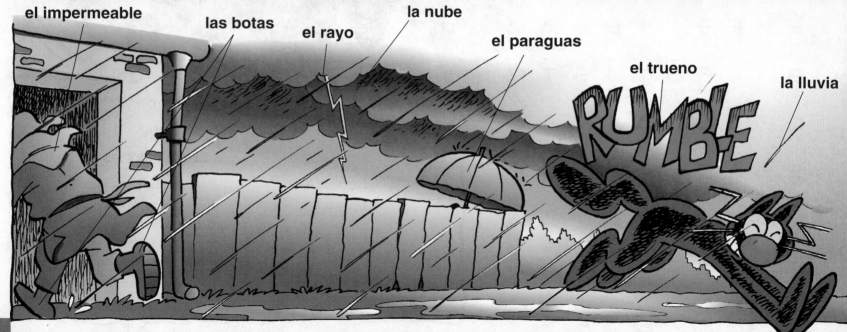

RUMBLE

Escribe las palabras en el esquema y sabrás qué es lo que necesita Albert.

¡QUIERO UN _____ !

¡Estoy listo!

... ¿Qué pasa? ¿Y las sobras de hoy?

¡Ah! ... Hoy es martes...

... y el restaurante "El pescador" está cerrado!

la estrella

la estrella fugaz

la luna

el murciélago

el faro

el búho

la farola

la luz

¿Qué dice Albert? ¡Descúbrelo usando el código!

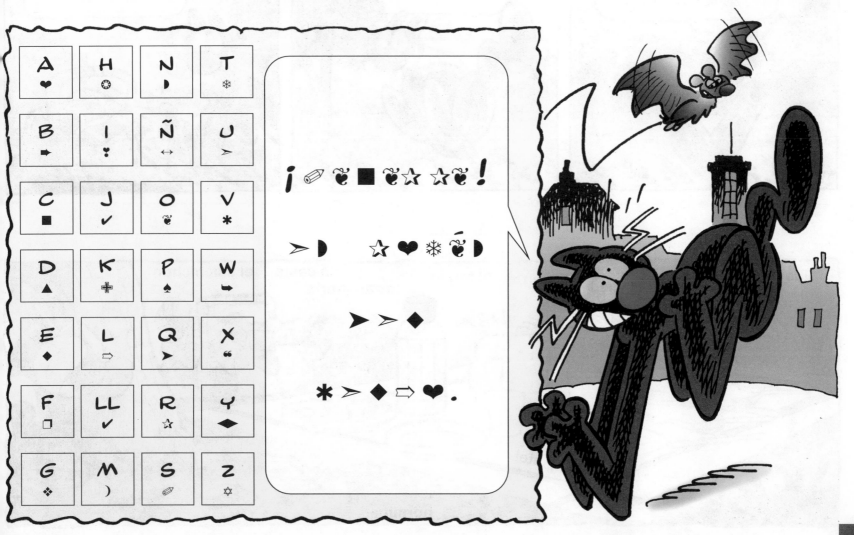

EL PICNIC

Partiendo de la salida trata de encontrar el camino hasta la cesta.
Si eliges las letras adecuadas podrás saber qué hay en la cesta.

¡El mar está lleno de peces!

¡Me encanta el mar!

la sombrilla

el barco

la toalla

las gafas de sol

el cast
de are

la pala

la arena

la estrella de mar

el cubo

el mar

el pez

el cangrejo

la concha

la ola

¿Cuántos hay? Escribe el número al lado de cada uno de los objetos seleccionados. Las letras de las casillas grises, leídas en el orden que se indica, te darán la solución.

SOMBRILLAS **C U A T R O**

CANGREJOS

PECES

BARCOS

CUBOS

_ _ _ _ _

HUMOR

No soporto a los que cuentan chistes sobre perros

No tendría que haber aceptado su invitación para comer juntos

Me gustan más los perros que muerden

LA TARJETA DE INVITACIÓN

SIGUE EL DIBUJO:

SOLUCIONES

¡... yo diría que sí!

PÁGINA 5

Cola, lengua, nariz, bigote, pata.

PÁGINA 7

¡Socorro!

PÁGINA 9

Albert el emperador.

PÁGINA 11

Un pescado.

PÁGINA 13

La caseta de Lolo.

PÁGINA 15

1. lapicero, **2.** bolígrafo, **3.** compás, **4.** regla, **5.** cuaderno, **6.** libro, **7.** hoja.

PÁGINA 17

El muñeco se derrite.

PÁGINA 19

Tren, muñeca, mecano, damas, saltador, videojuego.

PÁGINA 29

¡Del gato Albert!

PÁGINA 31

Viva la familia.

PÁGINA 33

Tejado, ventana, puerta, escaleras, verja.

PÁGINA 35

En la vida no hay nada mejor como el hogar cuando estás con toda tu familia.

PÁGINA 37

1. cuchara, **2.** cuchillo, **3.** plato, **4.** vaso, **5.** tetera, **6.** botella, **7.** olla, **8.** taza, **9.** tenedor, **10.** sartén. **Paella**

PÁGINA 39

Para un gato como Albert tres comidas diarias nunca serán suficientes.

PÁGINA 41

Pescado.

PÁGINA 43

¡Ten cuidado Albert!

PÁGINA 45

Del gallo.

PÁGINA 47

Elefante, serpiente, jirafa, cebra, león, dromedario, pingüino, cocodrilo.

PÁGINA 49

¡Mi reino por un pescado!

PÁGINA 51

Venid, es hora de cenar.

PÁGINA 52

1. JIRAFA
2. ELEFANTE
3. AVESTRUZ

1. siete, **2.** doce, **3.** dos,
4. cuatro, **5.** cinco.

Montaña, zapato,
plátano, pescado.

PÁGINA 61

El perro está **detrás** de la valla.
El ratón está **dentro** del bidón.
El bidón está **delante** de la valla.
Albert está **cerca** del bidón.

PÁGINA 63

¡Es la última moda!

PÁGINA 65:

1. pata, **2.** pulga,
3. ratón, **4.** oreja, **5.** bigote,
6. nubes, **7.** lluvia **8.** dientes.
Paraguas

PÁGINA 67

¡Socorro! Un ratón que vuela.

PÁGINA 69

Un bocadillo de sardinas.

PÁGINA 71

Cuatro, seis, cinco, tres, dos.
Cines.

VOCABULARIO

PÁGINA 4:
¡ÉSTE ES ALBERT!

bigotes
cola
dientes
gato
lengua
nariz
ojo
oreja
pata
pescado
ratón

PÁGINA 6:
¡ÉSTE ES LOLO!

caseta
cola
collar
comida
correa
hocico
hueso
ojo
pata

pulga
tazón

PÁGINA 8: LA NARIZ

barbilla
brazo
cuello
dedo
mano
nariz
ojo
pelo
pie
pierna

PÁGINA 10: LOS COLORES

amarillo
azul
blanco
gris
naranja
negro
rojo
verde
violeta

PÁGINA 12: LOS NÚMEROS

uno
dos
tres
cuatro
cinco
seis
siete
ocho
nueve
diez
once
doce
trece
catorce
quince
dieciséis
diecisiete
dieciocho
diecinueve
veinte

PÁGINA 14: EL COLEGIO

bolígrafo
compás

dentro
detrás
encima
fuera
lejos

PÁGINA 62: EN EL RASTRO
botas
calcetines
camisa
chaqueta
corbata
falda
gorro
jersey
pantalones
vestido
zapatos

PÁGINA 64: ¡LLUEVE!
botas
impermeable
lluvia
nube
paraguas

rayo
trueno

PÁGINA 66: LA NOCHE
búho
estrella
estrella fugaz
faro
farola
luna
luz
murciélago

PÁGINA 68: EL PICNIC
cesta
cubiertos
hormiga
mantel
pan
plato
queso
salchichón
termo
vaso
zanahoria

PÁGINA 70: EN EL MAR
arena
barco
cangrejo
castillo de arena
concha
cubo
estrella de mar
gafas de sol
mar
ola
pala
pez
sombrilla
toalla